素晴らしい低空飛行

阿部日奈子

書肆山田

写真：宮本隆司「金見 Kanami」©2013 Ryuji Miyamoto

目次——素晴らしい低空飛行

詩・イカ・潜水夫

行き暮れる親たち

素晴らしい低空飛行

詩・イカ・潜水夫

あなたの詩が俺にとって何かと言えば……。焼津へ来てから俺には猫ジンクスというのがあって、三鷹で捨ててきた五匹の猫と俺には天から割り当てられた食糧が決まっていて、俺が肉を食べてしまうとそれだけ猫たちの取り分が減るような気がしています。ここにはイカ料理がいろいろあるので、肉類はできるだけ（一人のときは絶対に）避けて、なるべくイカを注文するようにしています。猫はイカを食べると腰が抜けるから与えてはいけないと聞いたことがあるし、俺が食べれば猫たちが生ゴミの中からイカを見つける確率が下がるんじゃないかと思うので。たとえば昼過ぎの安い中華食堂で、薄暗い店内から明るい通りに目をやりつつ、イカと野菜の豆板醤炒めをつるつる滑る箸で食べているときに、あるいは夕方に浜通りの屋台で、イカのケチャップ旨煮、小エビと空豆と玉葱のかき揚げ、切り身魚の南蛮漬けなんかを飯のうえに次々のせて、潮の匂いといっしょに掻きこんでいるときに、ふっともの悲しい気分におそわれる……そういうときに思い出すのが、あなたの詩、というより、あなたの詩を読んだあとの余韻のようなものです。そして、いくらなんでももっと別の読まれ方があろうとは思うけれども、イカを喰いながらあなたの詩を想う奴がいてもいい、あなたの詩の深度を「イカの対極」とか「イカより遥か彼方に」とか「イカと同じくらい孤独」とか、さまざまに測量する潜水夫がいて、海面をぴしゃりと打って躍り上がるボラみたいに、焼津港から気まぐれな合図を送っていることを、あなたはあんがい面白がってくれるかもしれない……と、最近になって考えています。

さまよう娘たち

ジャワ遍歴

×月×日

ジャカルタから、バンドン、チルボンと回って、いまパンガンダランというところにいます。初めての海外で郵便局すら敷居が高く、なかなかお便りできませんでした。ここパンガンダランはヨーロッパやオーストラリアからの旅行者でいっぱいのリゾート海水浴場なので、見るだけで早々に立ち去るつもりでいたのに、なぜか今日で三日目です。

ひとつにはここがあまりにも安いこと。ホテルが一千五百ルピア（四百円弱）、レストランで食事をすると三百ルピア（七十五円）くらい。私が東京で一人暮らしを始めた六〇年代末頃の物価水準でしょうか。当時、小石川の塗装会社の月給が二万三千円で、カレーライスやたぬきうどんが八十円でした。電車は一区間二十円から三十円に値上がりしたように記憶しています。

チルボンでは、バンドンからやってきた学生たちと過ごし、彼らの実家や伯父さんの家に泊めてもらいました。彼らは上流階級の、つまり高級官僚の子弟で、若く無邪気で陽気。自信に満ちており、伝統的保守層エリートの卵なのでしょう。お祖父さんお祖母さんの肖像画を飾った広い居間でお茶を飲んだあとは、二階に上がって超大型テレビを見て、そして就眠前にアッラーに祈ります。アッラーではなくて、アロ Alho なのですね。アロッアロッアロッとやるわけです。

片やここパンガンダランには、脱イスラームの若者たちが大勢います。彼らはたいていがアメリカやヨーロッパに住んだことがあり、もともとがカトリックか、ムスリムでも破戒ムスリムだったり。そういう彼らの頭上にも、暮れ方になるとミナレットの拡声器からコーランが夕風に乗って流れてくるのですが。

着いてから三晩、夜更けまで浜辺で過ごしました。実に個性的なビーチボーイズと知り合い、まるで不良少年団みたいな彼らといっしょにいると、十年前の信州伊那のコミューンを思い出します。東海岸の大統領アセプは、胸と両腕にびっしり刺青をした漁師で、激しい男。まったく素敵なお兄さんでした。もう一人の首領はアデというネイティヴ・アメリカンそっくりの男で、彼からは「考えすぎるな、問題があったら忘れてしまえ」と言われました。ほかにも自称バティック画家とか、いつも犬を連れているすばしっこい少年とか（彼は私のことを mama

と呼びます）、ビーチボーイズのことを書いているときりがありません。
いままで会ったのはみなスンダ人で、ジャワ人に会いたかったら、ジョグジャカルタかもっと東へ行かなければならないのですが、バリのほうへはあまり近づきたくないと思っています。

×月×日
川を三時間さかのぼり、五時間バスに乗って、古都ジョグジャカルタにやってきました。
十日間過ごしたパンガンダランは最高でした。パンガンダランで私の旅も終わったような気がして、ここジョグジャではすっかり落ち込んでいます。心に疲れを感じ、それに体の具合がよくなくて。昨日から足と手に赤い湿疹がいっぱいできてなにやら気味が悪いのですが、たぶん、ある種の食用油と香辛料にあたったのでしょう。それとまだ体が水に慣れていないのかも。今日は断食しようと思います。
ジョグジャではすることもなく、小さなギャラリーを回ってバティックを見ています。若い画家たちの作品は斬新でなかなか面白い。画廊で、バンドンからやってきたデディというペインターと知り合いました。彼は陰陽の思想とか道教に関心があって、スンダ人にしてはめずらしく一八〇センチの長身。未完成のバティックをたくさん見せてもらいましたが、東洋思想とインドネシアの伝説をミックスした大胆なデザインでした。彼があまりにもハンサムなので、私は彼の前ではつねに緊張しています。切れ者といった印象で、ほんとうに息が止まりそうになるくらい美しいのです。私が英語を話せないので彼とは全然会話が弾まず、これほど英語下手をもどかしく感じたことはありません。

いま、なんとかインドネシアに長期滞在できないものかと考えています。今回は日数が限られていますから、タイを中心にマレー半島を回ったあとでもう一度ジャワに戻り、なんとかしたいと思います。デディは、バティックの習得ということにすれば、半年から一年くらいの逗留はむずかしいことではないと言いますが、どういう手続きをすればよいのか見当もつきません。

来週はジャカルタに戻り、それから恐怖のスマトラ入りです。お金があればジャカルタ→シンガポールと飛ぶのですが、ひと月四万円と決めている貧乏旅行者としては、スマトラを縦断して、メダンからクアラルンプールへ飛ぼうかな、と。

中部スマトラのパダンというところまでは船で行き（三日三晩、もちろんデッキクラスですから、まるでボートピープルのような船旅らしいのですが）、さらにパダン↓メダンはバス。無事を祈ってください。

×月×日

いま、花のように美しいクアラルンプールで、泣きたい気分でジョグジャカルタのほこりっぽい街並みを思い出しています。ヴィザを取らずにインドネシアに入ったので、滞在期限が迫って出国せざるをえず、パダンからメダンまでスマトラ縦断の恐ろしいバス旅行をして、クアラナム空港で泣く泣く七十二USドルを払い、クアラルンプールに飛びました。

メダンまでのバスの中では、オーストラリア人の男と五日間ずっと喋りどおしでした。彼こそ私の師で、彼に会うためにインドネシアに来たのだと思います。それほどまでにグルとの出会いを私は欲していました。ノート数冊分のグルの言葉が、まだ頭の中で渦を巻いています。何がブルシットか見極めよ。そしてMust open!「なぜタイへ行くのか、タイはすでにスーパーマーケットだ」。これでタイへ行く気が失せてしまいました。クアラルンプールでヴィザが取れたら、そのままジョグジャに引き返したい気がしてきて、ジョグジャでジャワ社会の習わしを学びたいと言うと、グルからは just doing でしか理解できない、と言われました。

ジャングルでバスが止まって動かなくなったり、体力的にはきつい五日間でしたが、グルといっしょでほんとうに心安らかでした。メダンに着くと、グルは大急ぎで子供たちへのお土産を買って、「私の仕事はこれで終わった。私もあなたに会うために来たのだと思う。風に乗っていつでも会えるだろう」と私をぞくぞく高揚させるようなことを言い、スマトラの北端にあるらしいジャングルへと帰っていきました。長身痩軀に若白髪まじりのグルは、私と同い年で、すでに世界中を見てしまったホンモノのヒッピーでした。

そんなわけでグルの風を感じているうちに早くジョグジャに戻りたいのですが、ここで焦ると、せっかく戻ってもしばらくしたらまたインドネシアを離れなければなりません。ともかくクアラルンプールでヴィザを取るべくできるだけのことはやってみようと思い、大使館へ行ってみたものの、取得には時間がかかりそうです。身元引受人が必要なのだとか。メダンの知り合いに手紙を書いて、引受人の件を依頼しました。クアラルンプールでは中国系の老婦人の家に居候させてもらっています。次はジョグジャからお手紙できればよいのですが。

×月×日

しばらくお便りしませんでした、いかがお過ごしですか。

ヴィザは取れないままインドネシアに戻ってきてしまいました。いまバンドンにいますが、二度目のバンドンは前とずいぶん違う印象です。二日目、ユースで一切合財盗まれてしまいました。隣の客室の学生二人が同じ鍵を持っていて、私が夜、小一時間外出したすきに、荷物を持って窓から逃げたらしいのです。大小のバッグが盗まれて、まもなく、パスポート、アドレス帳、トラヴェラーズチェックなど貴重品が入った小さいほうのバッグだけが暗い裏庭で見つかりました。どうしてだかわかりません。神様が居るとしたら、もう少し旅を続けなさい、というお告げでしょうか。

それから警察に行って、朝までかかって調書を取られました。そのとき通訳のために付き合ってくれたのが、フローレス島出身の青年で、まったくもって感動的な男でした。まだ二十代半ばの若さで、澄んだ水のように冷静なのです。警官の言葉を正確に英語に訳して、また私の下手な英語をインドネシア語に訳すという作業を、ときには笑みさえ浮かべながら、朝の五時まで続けてくれました。いまは二人の泥棒学生がつかまらないことを祈っています。

バンドンを離れるまで、彼とはいろいろ語り合ったのですが、けっきょく軽はずみな性格が顔を出して、フローレス島に行くことになりました。彼がなんとも魅力的な男だったので。

前に話したグル（スマトラ縦断のバスで会ったオーストラリア人）の言葉を書き留めたノートも盗まれてしまいました。グルは「ジョグジャでトラディションを学べ」と勧めてくれましたが、いまは自分で突き当たったフローレス島にとりあえず行こうとしています。長く旅をしていると移動するのが時につらくて、でもたどり着いた先ですぐにまた何かに巻き込まれてしまうのですね。

それにしても体の不安を抱えて（月経がピタリと止まってしまいました。筋腫を恐れています）、今後は決死の旅になりそうです。と言いつつ相変わらずへらへら笑っていますが。

日に日に日本が遠くなります。こうしてあなたに宛てて書いているときだけ、東京の空気を思い出しますが、それもあやふやになって、いまや極東の都市は海の上の蜃気楼も同然です。できることなら日本へは帰りたくない、日本では暮らしていけそうもない私なので、いずれは海外で働けるよう、帰国後には無い知恵をしぼって算段したく思います。

×月×日

　ご心配いただいた職探しの件、ひとまず翻訳の認定試験を受けてみました。結果はまだわかりませんが、英文和訳のほうはなんとかなったように思います。白豪主義オーストラリアの移民政策の変遷、というような内容で、ほんとうに偶然でしかないのですけれど、そのへんの事情は本で読み、キーワードの幾つかをあらかじめ知っていたので、制限時間内にかなりうまく訳すことができました。

　中身はぜんぜん難しくないのに、苦戦したのが和文英訳です。小説のような手記のような文章（いわゆるヤングアダルト文学？）で、八割方が会話なんです。一人称の主人公〈アタシ〉は、斬新な校舎の教育モデル校に通う女子高校生。夏休み明けに開かれる十八歳以下の国際人文科学シンポジウムで「三島由紀夫と弁当」をテーマに発表することになり、ノー・アイデアのまま毎日弁当を試作していますが、立論もできず、当然のことながら結論はまったく見えてこない。プレッシャーに打ちひしがれて、ボーイフレンドには「たかが高校生の自由研究なんだし、それほどのレヴェルじゃなくてもＯＫ。べつに注目されてもいないし」などと愚痴ったりしています。このあと、彼女と彼の的外れな『豊饒の海』談義がだらだら続くのですが、こんな感じ。

でさ、その四つの話はどうつながってるわけ？
輪廻転生だよ。主人公は別人なんだけど、同一人物の生まれ変わりなわけ。
輪廻転生！　そりゃ卑怯だな。
卑怯？　なんで？
だってさ、作家としての枯渇じゃん。
枯渇かぁ、たしかにそうかも。

おそらく採点の基準は文体と語彙でしょう。頭は悪くないにしても、プラトンさえまだ読んだことのない高校生カップルが、思いつきで交わす尻すぼみの会話を、それらしい英語に写すにはどうしたらいいのか、途方に暮れてしまいました。センスの無さがもろに響いて、勘どころを外したという感じです。

そういうわけで合否は半々といったところですが、たとえ合格したとしても仕事があるかといえば、ただ証明書などリーガル・ドキュメントの翻訳ができるため、就職の機会が増えるかもしれないというだけのようです。私のように無手勝流の独習者がこの世界にもぐり込もうとすると、けっきょく民間の認定試験とか翻訳仲介業者とか、通行料を納めて怪しい門をくぐることになるわけですが、なにしろ三島論を捏ねまわしている高校生どころじゃない大馬鹿者だった身としては、ここらで十代のツケを払いましょうという気分です。ドント・トラスト・オーヴァー・サーティとか叫んで、自分が二十五歳より先まで生きるなんて、想像もしていなかったんですからね。

合否の判定を待つうちに、もしかしたらこちらのほうが可能性があるのではと思い始めたのが、日本語教師への道です。私の目的は日本を脱出して東南アジアで暮らすことですから、そのほうが現実的かも。二十歳の頃、アジア・アフリカ語学院というところで、たぶんまだ手探りだった日本語教授法の初歩を齧ったことがあるのですが、まんざら向いていないわけでもなさそうな感触でした。調べてみると、国際交流基金には海外へ派遣する日本語教師の育成プログラムがあり、コース終了後には世界各地で教えることができるとか。私のような者が応募できるかどうかも不確かなのですが、ここで思い切って文章から口語的実践へと路線を変更したほうがいいように思えてきました（旧仮名遣いもおぼつかない人間が日本語を教えていいのかという問題はありますが）。編集のアルバイトを紹介してくださるあなたには申し訳ないけれど、正直なところ、活字の世界で生きてゆく自分が想像できないのです。いっこうに方向性が定まらない私ですが、ひとまず募集要項を取り寄せてみようと思います。

KL

×月×日

出発前にはほんとうにお世話になりました。先月二十六日に無事、マレーシアに着任しました。これから二年間、クアラルンプールで日本語教育にたずさわる予定です。以前に旅したインドネシアでは、昼は騒がしくても夜には何かが潜んでいそうな暗闇がありましたが、ここにはそれがなく、慣れるまで時間がかかりそうです。

住むところは大使館の圧力で（私が心理的にそう感じてしまっただけかもしれませんが）、外国人向けの高級アパートに落ち着きました。高級アパートといっても、じつは値段だけです。家賃二千ドルはあくまで外国人値段であり、三百ドルくらいで同じ広さのアパートが借りられるとか（ちなみにここでは若い女性事務員や店員などの月給が五百ドルくらい、バスは五十セントほど）。このアパートの家賃をつり上げたのは日本人で、残念ながら私もそれに加担したわけです。マレー式の家に住んで、庭を裸足で歩くというのはフィクションに過ぎませんでした。せめてタクシーには乗らずに、どこへでもバスと徒歩で行くようにしています。

たとえば屋台でマレー式の夕食を食べれば、焼飯に空心菜炒め、牡蠣の卵とじ、魚のすり身のスープで一ドル二十セントといったところ。一ドル（一リンギット）が〇・二六USドルですから、五、六十円でしょうか。一度、大使館の人たちに誘われてホテルでランチをとったとき、おいしくないのに二十ドル以上で、私はショックのあまり「お先に失礼します」と言って支払いをせずに（ほんとうに忘れたのです）出てきてしまいました。

仕事はまだ週に六時間（三クラス）しか教えていないので、高円寺の日本語学校で週二十六時間受け持っていたのに比べると、毎日遊んでいるようなものですが、いまから思うとあの頃の生徒がなつかしい。なんといっても日本語をいちばん必要としているのは、日本でこれから大学に入ろうという就学生たちでしたから。

もうひとつ、パートタイムの教師（マレー人と結婚した日本人女性で、当地で十数年教えているそうです）の私に対する反感があまりにストレートで、最初は戸惑いました。ただし立場が逆なら（こういう言い方はかえっていやらしいのですけれど）、公用パスポートで日本から送り込まれてきて、たいして経験もないのに安全な地位を保証されている新任教師になど、私も好意は抱けないでしょう。これから彼女との関係がどうなるのかはわかりませんが、衝突を回避して、彼女も私も仕事を失わないようにしなければなりません。

昨夜は日本大使館とジャパンクラブ主催の盆踊り大会というのがあって、またしても心理的に圧迫を感じて、行ってしまいました。郊外のモダンなホッケー場で、何百人もの浴衣姿の日本人を見るのは、なんとも異様な光景でした。まんなかに紅白幕のやぐらが組まれ、その周りをぐるぐる回るわけですが、居心地の悪さを感じていたのは私だけではなかったはずです。

帰り道で、あなたから聞いたカフカのアフォリズムを思い出しました。テーブルのそばに人影が腰掛けている。その外側を、人影に首を絞められながら〈私〉がぐるぐる回っている。そのまた外側を〈三番目の奴〉〈四番目の奴〉が、やはり内側の者に首を絞められつつぐるぐる回り、かくて惑星の公転さながらのぐるぐる回りが星辰の彼方まで続いている……。あなたの解釈によれば、天体の揺るぎなき運行はそのまま喉元を締め上げる力（Macht）である、という、その感じ方がいかにも不安の人カフカらしいのでしたね。あのとき私は、マハトという言葉の語感を叩き込まれた気がしたものです。

昨夜私たちは、マハトの構成要素となって、ぐるぐる回っていました。渦巻く大マゼラン星雲に喩えたいところですが、はばかりながら、黒っぽい人影が蝟集してもやもやくねくねととぐろを巻く図は、グロテスクでこっけいな蛇玉花火（ご存じですか？）にそっくりでした。とるにたりない私までが、逃げ腰で、でも立ち去れずに、お開きを待ちわびながら、口許に笑みさえ浮かべて、ぐるぐる回っていたのです。

ジョグジャ再訪

×月×日

休暇が取れたので、またしてもインドネシアに逃げてきてしまいました。任期も半ばを過ぎようとしているのに、どうしてもクアラルンプールでの生活には馴染めずに、休みごと旅に出ています。すぐそばにインドネシアという強烈な磁力の文化圏があって、引き寄せられてしまうのです。

ジャカルタからジョグジャに移動し、安宿に一泊して、雨のなかを歩き回りました。駅からまっすぐ南に下ってゆくと、そこは六年前に全部合わせてひと月くらいうろついていた一郭で、そちらに一歩ずつ近づいてゆくにつれ、もしかしてあそこでなら時間が凪いで止まっているかもしれない、何も変わっていないかもしれないという現実離れした期待が、うっすらと、けれど打ち消しようもなく湧いてくるのでした。あなたから五万円お借りした、その原因であったかもしれないデディという名の若者が、そのあたりにまだ居そうな気がして、ドキドキしていたのです。

その一郭に入ってすぐ、両腕にへたくそな刺青をした若い男の子が「デディを探しているの?」と言って駆けよってきました。彼は六年前のことをよく覚えていて、当時十四歳、いまは二十歳になったその子から、デディが「あのあとすぐ」にフランス人の恋人をつくって、いまはフランスに住んでいると聞きました。ああやはり、奇跡は起こらなかったと言うべきか、それとも起こったと言うべきか。その貧しい一郭に住む誰もが考え、誰もが実現できなかったことを、デディはすんなりやり遂げたのです。

バンドンから来たデディは、二十三、四の若さながら信じられないほど冷静で、切れ者という印象でした。夕方モスクからコーランが流れてくると、「おっ、ムスリムブルースだ」なんて言う子供っぽさもありましたが。バティック画家ということで、陰陽の思想とか道教に興味があるらしく、それらとインドネシアの民話をミックスした大胆なデザインの下絵を見せてくれたことがあります(本人が描いたものかどうか、ほんとうのところはわかりません）。ですが実際には、私たちの会話は長続きしませんでした。あの頃は私の英語がひどくて、もたもたしているとすぐに“Forget it!”で終わってしまうのです。デディの容姿があまりに好ましかったから、彼の前ではいつも緊張していたせいもあるでしょう。スンダ人にしてはめずらしく長身で、顔立ちはどこかしら、あなたに似ている。つまり両性具有の魅力がありました。

その頃のノートには「生まれてこの方、この男を待ちつづけていたのに、出会いが早すぎた気がする」「Magicを信じなければ、彼とのめぐり会いを素直に受け止めることができない」なんて、うわごとのような断片が並んでいます。その裏で、あなたにはいろいろつまらない嘘をつきました。食用油か香辛料にあたって手足に赤い発疹が出たので医者に行く、だとか、ジャワ社会のAdat（伝統とか習慣とでも訳しますか）をjust doingで学びたいからバティックを習うことにした、などなどそれらしい理由を書き連ねて、無心しました。かつかつの暮らしのなかから、あなたは送金してくださった。「返さなくていいから」のひと言に、これは見抜かれている、そして赦されている、と恥じ入ったものです。

あのときヴィザを取りに入ったクアラルンプールで待機することがなければ、どうなっていたのか。いや、ただちにジョグジャにとって返したとしても、どうにもならなかったでしょう。デディのラヴアフェアは「あのあとすぐ」だったのですから。六年前の私が、クアラルンプールで中国人家庭に身を寄せながら、とてつもなく間違った場所に足止めされている悔しさに歯噛みしては、埃っぽいジョグジャカルタの街並みを思い返していたその頃すでに、デディの前には渡仏の道が開けていたというわけです。「時間は抱けない」と言ったのは、中井英夫でしたっけ？　ほんとうです。

今回、ジョグジャを出るときに、夜行の汽車が二時間ほど遅れて、雨宿りしながら待つあいだ、駅前のベチャ（輪タク）のお兄さんに話し相手になってもらいました。彼はいまや忘れられてしまったジャワ文字を紙に書いて、ジャワ語のいくつかを柔和な表情でゆっくり発音してくれます。お兄さんの真似をしてジャワ語を口にのぼせていると、六年前、ジョグジャの手前のパンガンダランで仲良くなったテニのことを思い出しました。いつも犬を連れていた、十歳くらいの少年です。片仮名で「フリオ・イグレシアス」とプリントされたぶかぶかのTシャツを着ていましたっけ。お互いブロークンな英語を話す者同士で妙に気があって、テニからはずいぶんインドネシア語を教わりました。テニは朝十時頃に私のホテルにやってきては、"Mama, going forest."と誘います。三度ほど森に連れて行ってくれました。森というよりジャングル、水牛とか猿とかがうじゃうじゃいる険しい山で、そこをサンダル履きで四時間五時間も歩くのは、死ぬような思いでした。過去に何度か旅行者が道に迷い、ちょうど私たちが行った日も、まだ一組、森のなかをさまよっているとのこと。テニは"Maybe tourist many many hungry, because ティダ　アダ　ワルーン（ワルーン＝小さなレストラン・が・ない）in the forest."と言っていました。

すばしっこいテニはどうしているかしら、もう犬は連れていないでしょう。旅先の出会いは通り魔のように人生を横切ります。テニが可愛い通り魔なら、デディは非情の通り魔……そんなふうにけりを付けたくて決行したジョグジャ再訪でしたが、どうやらうまくいきませんでした。いま、いっそう混乱しています。ジャカルタに戻りホテルの部屋でこれを書いているのですが、頭の中にジョグジャの闇が立ちこめて、考えがまとまりません。

いつだったか、漁師町の詩を送ってくださったことがありましたね。狭い路地には両側から庇が差し掛かり、濃い影を落としている。破れ塀や低い生け垣のうしろに、あちこち傷んだ不揃いな家が並び、家と家との隙間からは砂浜が見えている。何度も折れ曲がった先に、とつぜん視界が開けて海が見える空き地があることを知りつつ（それとも「予感して」でしたっけ?）〈わたし〉は歩いている……そんな詩でした。同封のお便りで、あなたは「実在しても幻の場所がある」と書いていらした。私にとっては、あとにしてきたジョグジャも、これから帰るクアラルンプールも、幻の場所という気がします。けっきょくどこへ行ってもそう感じてしまうのかもしれない……などと言えば、あなたからは「自分の創り出した物語に嵌まり込んではいけない」と叱られそうですが。覚悟が足りないのですね。そう、圧倒的に覚悟が足りない。足りないまま、こうやって任期切れまであと一年、混乱のうちに過ごしてゆくのでしょう。

島々

×月×日

任期最後の休暇をイリアン・ジャヤの熱帯雨林で過ごそうと、ジャカルタを経由してジャヤプラに飛びました。ジャヤプラ市内の警察で森林地帯への入域許可書を取ってから、小型機に乗り換えてワメナへ向かいます。

ここワメナは三千メートル級の山々に囲まれた盆地。旅に出る直前は、四日間で八時間しか眠らない惨憺たる状態だったので、寝ぼけ眼でジャカルタへ発ったのですが、ワメナで覚醒しました。じつは私は子供の頃から世界地図を広げてニューギニア島が目に入ると、なぜだか禍々しさを感じて嫌な気分になり、ここにだけは行きたくないと思っていたのですが、来てみれば、かつてどこでも味わったことのない安らぎがそこに待っていました。

ホテルで荷を下ろして、フロントの人に地図を手描きしてもらうと、ジャングルへと歩き出しました。ふつうはガイドを雇ったり、現地ツアーに参加したりするのだそうですが、ホテルのロビーにたむろしているガイドのお兄さんたちというのが、やたらと〈未開〉を強調して、「ココわめなハ玄関ロダカラしゃんぐりらダケレドモ、いえずす会ノ宣教師サエ入ッタコトガナイ奥地ニ行クト、首狩リモアレバ食人モアルヨ」とか言うものだから、なんだか鼻白んでしまって。そういうわけで、文化人類学者でも探検家でもない私が、地図を片手に密林をさまようことになり、案の定、道に迷ってしまいました。

そのときです、もしかして半径数キロメートルの円のうちに人間は私一人しかいない、ここで倒れたら野犬が食べてくれるだろう、と思ったら、これまで生きてきて感じたこともないほどの安堵がこみ上げてきました。ほんとうに何もかも満ち足りて、じゃくめつ（漢字がわかりません）という言葉が脳裏に浮かんだくらいです。それと同時に、以前あなたに見せられたラカンのシェーマLを思い出しました。図を説明しながら、あなたは私のことを「他者を必要としない自己完結した人」とおっしゃいましたね。あのときは反射的に「これがL図？　Zの交叉に見えるけど」などとまぜっかえしてしまいましたが、ジャングルのなかで、たしかにあなたの見立てどおりかもしれないと思えたのです。

このあと数時間さまよって、なんとかダニ族の居住区にたどり着くことができました。居住区といっても外国人旅行者が立ち寄るからには、ツーリズムに組み込まれたスポットではあるのでしょう。おだやかな母親とよくしつけられた子供たちが旅行者に食べ物を振る舞っていて、それが草葺き屋根の家に住むダニ族の、現在の日常なのだろうと思わされました。でも単なる旅行者には、それ以上のことはわかりません。高床式の家の前で、全裸にペニスガードを付けたダニ族の男たち二人と、写真を撮りました。地面にお尻をぺたりと落とし、両膝を抱えて坐る褐色の男たちは、骨と皮に痩せているせいかずいぶん年寄りに見えましたが、あんがい私たちより若いのかもしれません。クアラルンプールに帰ったら、現像してお送りします。

×月×日

ワメナからの手紙を好意的に読んでくださって、ありがとう。みずみずしい自然描写もこれといった卓見もない手紙を面白がってくださるのは、あなただけでしょう。一念発起して少しまとまったものを書いてみれば、とのお勧め、買いかぶりです。そもそも私ほど一念発起が似合わない人間もいないので。とはいえ日本語教師の任期はあと一学期ですから、そろそろ次のことを考えねばなりません。いまクアラルンプールに戻って、試験監督をしているところ。最後の作文の時間に入って質問も出なくなってきたので、教室のいちばん後ろの席でこれを書いています。

ワメナのあとは、ずっと敬遠していたバリに寄りました。行きと逆に小型機でジャヤプラに戻り、そこからバリ島のデンパサール空港へと向かう予定でしたが、飛行機のエンジントラブルにより、ビアク島で一泊することに。じつは今回、例のジャングル彷徨がたたって、日光過敏症という情けない病気にかかってしまったのです。クアラルンプールに帰ってから医者に診てもらおうと思っていたのですが、ビアクで時間ができたので、クリニックに行ってみました。待合室にいたほかの患者は全員がマラリアで、旅行者の格好でアレルギーなんかで順番を待っている自分が恥ずかしく、逃げ出したいような気持ちでした。診察と薬代とで一千五百円くらい。これが外国人値段で、他の患者はその十分の一くらいであることを祈ります。

さてここからがバリ島篇です。翌朝の飛行機でデンパサールに降り、インに落ち着いてぼーっとしていたら、フィンランド人の坊やに声をかけられました。この男の子、ようこ（Jouko）さんは、兵役の代わりに老人施設で働いたあと、アジアをめぐる貧乏旅行に出て、先月はしばらく東京に滞在し、武道を体験したのだそうです。そこから南へ下って、バリに着いたばかりとか。この日、私たちは海岸で貝殻を拾い集め、その貝殻を入れるお弁当箱を買いにスーパーマーケットに出かけました。ああ、ここまで書いてきて、私は自分がまっとうな四十女ではないことに気づいたのですが、話はまだまだ続きます。

翌日から、一日六千ルピアでバイクを借りて（私がけしかけたのです、武道家志望のあなたなら卓越したライダーに違いない、とかおだてて）、やみくもに走り回りました。山間部の芸術村ウブドへ出かけてバリ絵画を見たり木彫工房を覗いたり、さらに勢いづいて一七一七メートルの山に登ってしまいました。麓でバイクを降りて歩き始めたら、不思議なくらいするする登れて、猿のように駆け下りてきました。

ようこさんは、インドネシアを出たらタイとインドに旅するつもりとのこと。来年フィンランドに帰ったあとは、まず数ヵ月かけて家の修理をして、それからスウェーデンで働くか、それとも大学で心理学を勉強するか、状況次第だそうです。ウブドで別れたのですが、きゃしゃで健やかな青年でした。東京を知っているというだけで、七日間も私といっしょにうろついたのですから、ようこさんも寂しい旅行者か、あるいは旅の途中で寂しい時期にさしかかっていたのでしょう。

　現在マレーシアは高級コンドミニアムの建設ラッシュで、とくにハイクラスなところは家賃が五、六十万円もするそうですが、その対極には、一家の月収が三万円に満たないゴムやパームオイルのプランテーションの生活があります。この二年間、何も見ずにぼんやり過ごしてマレーシアを立ち去ることになってしまった、と、いま感じています。ほんとうにまた、呆れられるような手紙になりましたね。こうして馬鹿なまま年を重ねてゆくのでしょう。そろそろ試験が終わってしまうから、また書きます。

追伸：東ティモールのディリでは、独立派のデモで二百人が殺されたとか。マレーシアの英字新聞を読んでも、詳しいことはわかりません。日本ではどう報じられていますか。

豪州迷走

×月×日

八月末にシドニーに来ました。せっかくあなたが、少し長めのものを書いてみればと励ましてくださったのに、生来の貧乏性が頭をもたげて、近づくまいと思っていた大学というところに吸い込まれてしまいました。いちばんの理由は、これからは日本語教師も修士号がないとどこも雇ってはくれないという雰囲気に気圧されてしまったこと。つまり勉強がしたいわけではなく、できるだけ簡単に学位が取れそうな方法を考えるうち、オーストラリアにたどり着いたということなのです。オーストラリアは数年前に大学を外国人に開放しました。大きな家に住んでいる人が、間借り人を置いて家賃を取るようなものなのか、経営難の大学はどこも留学生が欲しいようです。なにしろオーストラリア人学生は基本的にタダなのに、留学生は一人年間百万円ですから。

じつは六月に一時帰国したのですが（公用パスポートを返して一般旅券を取得

し、学生ヴィザを申請しました）、こういうカラクリで大学院へ通うことに自分でも確信が持てなくて、あなたにはご連絡しませんでした。十月からシドニー大学で言語学を学びます。表書きの住所は、情けないほど荒れ果てた裏庭のある古い長屋で、生涯独身タイプとおぼしき中年男性二人とのシェア。私の部屋は六畳ほど、居間・台所・風呂などは共用です。街に出るとアジア系が目について、小さな食料品店はたいてい中国人の経営のようです。アボリジニやパプア人を嫌うレイシストもいますが、一方でアボリジニの子供を養子にして育てる白人夫婦もいて、こういう振れ幅がオーストラリアらしさなのかもしれません。

×月×日

シドニーはいつの間にか夏になり、暑い日が続きます。十月十二日に学期が始まりました。手っ取り早く〈紙切れ〉を、というわけで私の専攻は〈言語学・日本語〉なのですが、じつのところ、国際交流基金で受けた語学教師養成課程と重なる内容です。しかも入ってみたら、日本語専攻の学生はすべて日本人でした。日本人がオーストラリアで「日本」のつく科目を勉強するというのは、こういうことなのですね。まだしも言語学の場合は、英語やイタリア語専攻の学生といっしょに受ける授業もありますが（そこでイラン人の留学生と知り合いましたし、中国人学生たちの目から鼻へ抜けるような頭の良さを見るのは気持ちのよいものです）、日本文学のほうは日本人学生が日本人教師から講義を受けるのです。そちらはオーストラリア人の学生も多いので、内容は高校の現代国語を英語で学ぶような感じとか。

先週から週に二時間だけ、学部の一年生の日本語クラスで漢字の読み書きを教えています。私の経歴がどこからか伝わり、教務課から電話がかかってきて、引き受けることにしました。どうやら慢性的な教師不足のようです。

×月×日

休みを利用して北部のダーウィンに行ってきました。大戦時に日本軍の空爆で甚大な被害を被ったダーウィンは、反日感情の強い土地柄で、日本人は泊めないというホテルもあります。

その旅の影響というわけではないのですが、いろいろ考えて、ひとまず大学の専攻を日本語から一般言語学に変えてみようと思います。そもそもオーストラリアで日本語を勉強するというのが奇妙なことで、そこから変えなければ、この居心地の悪さからは抜け出せないと思うので。いってみれば、日本の大学の仏文科に、フランス生まれのフランス人が入っているようなものですから。それでもコース終了後には修士号がもらえて、日本国内の大学では無理でも、うまくいけばオーストラリアでなら教えられるかもしれないというわけで、年々日本人の学生は増えているようです。就職するには文学修士のほうが有利なので、言語学部の日本人学生が大挙して文学部へ移ったという話も聞きました。私は言語学のバックグラウンドがないので、日本語専攻にしか入れないものと思い込んでいたのですが、なにしろここはアバウトなオーストラリアの大学、変更そのものは簡単に認められそうです。いまはただ修了証書から「日本語」の文字を外したく思っています。

×月×日

勢い込んで専攻を変えた私ですが、あなたが案じてくださったとおり、学問の世界は甘くはなかった。私の英語力では、ここから先どんなにがんばってもわかりそうもないところに来てしまった気がしています。とくにSystemic Functional Grammar（機能文法ですか？）とかいう科目は、講義を聴いてもわからない、本を読んでもわからない。あとからあとからレポートを書かなければならないのに、書き始める前は課題の意味さえ理解できないありさまです。そこから辞書を引き引き本を読み、いまはジョイスの『ダブリン市民』の冒頭篇「姉妹」の分析に取り組んでいますが、ぎりぎり不合格にならないグレードを目標にしています。

それでもなんとか続いているのは、言語学部のいちばんエラいプロフェッサー（パプア・ニューギニアの言語の権威）が面白そうな人だから。彼は一年間大学を留守にしていたとかで、私は顔も知らなかったのですが、講演があると聞いて、どんな人か見に行きました。イギリス仕立てのスーツ姿で登壇する老紳士を想像していたのに、くたくたのTシャツにビーチで穿くような半ズボン、そして裸足にサンダル、ひょろりと痩せて髪は刈り上げ。その仕草、目の動き、話し方はどう見てもサーファーの兄ちゃんです。四十七、八でしょうか。学生のほかに助教授やら講師も多数聴きにきていて、そのせいか「朝、家を出るときに、これ以外に着るものが見つからなくて」なんて言い訳していました。板書では綴りを間違えて、助教授や学生に注意されていたりもして。

で、この先生が今学期から始めるEthnographic analysis of language and speechという、彼が趣味でやっているような講座を取ることにしました。参考文献リストにレヴィ＝ストロースが入っていますから、言語学というより人類学に近い内容のようです。書いているうちに、なんだかこれでは二十年前にスワヒリ語やヴードゥーの儀式を教わったN先生のゼミと同じではないか、アジア・アフリカ語学院に出入りしていた頃と変わらないではないかと思えてきました。一周して出発点に戻ってきてしまった感じ。あのときドロップアウトしていなければ、シドニーにいたる迷走はなかっただろうと思うものの、時間は巻き戻せないのですね。ところで最近、ＡＡ語学院の同級生が南西部のパースにいることがわかったので、次の休みには会いに行ってみようと考えています。

×月×日

タイトルと、序文と、本文と、結論とがそれぞれまったく関係がないという、意味不明のすさまじい「作文」を提出して、これで一応オフィシャルにはコースを修了したことになりました。といっても、あなたが善意で思い描いてくださっているような立派なものではありません。いちおう修士号とは言っていますが、そのあと直接ドクターには行けない仮修士のようなものなのです。博士号を目指すためには、その前にMaster of Philosophy（M.Phil.）というのを一年か二年やって、何万語かの論文を書かなければならないようです。

コースの出口が見え始めた四月頃に、ポートモレスビーの大学に日本語講師の口があるかどうか問い合わせてみたのですが、未だ返事なし。それで論文提出後の私は、言語学部オフィスの助言もあって（これもオーストラリア的?·）、もぐりの学生になりました。そうしたところ、永住ヴィザ申請のチャンスがめぐってきたのです。これは今回限りの棚ぼたヴィザで、天安門事件で国外へ脱出した中国人に大量にヴィザを出すことにしたので、「不公平だ」との声を抑えるため、ほかの国籍の人にも条件付きで申請を認めるということらしく、条件とは、昨年十一月一日の時点で四十五歳以下で、学生の資格でオーストラリアに住んでいた者。締め切り間際にそのヴィザのことを知り、ぎりぎりの日付で申し込みました。ヴィザが取れる保証はないのですが、結果が出るまではオーストラリアに住んでいていいし、仕事もしていいということなので、もぐりの学生としては、不法滞在を避けるためにも、駆け込み申請してみたわけです。

でも、そうしたら、逆に迷いが生じてしまいました。もしも永住ヴィザが取れれば、オーストラリア人学生と同じに学費がほぼタダになりますし、たまたまM.Phil.に進む資格を満たしてしまった（修士コースの平均点が七十五点以上）ことから、もう少し先まで行ってみたいような気がしてきたというか。学問をする頭がないことはわかりきっているのに、おかしいですよね。修論提出後に飛んだパースでは、かつての同級生から「言語学だかなんだか知らないけど、むかし馬鹿だった奴はやっぱり馬鹿なんじゃないの?」と言われてグウの音も出ず、かえってすっきりした気分だったというのに。いや単純に、大学から離れるのが怖くなっているだけかもしれません。出てみたら、仕事も住むところもお金もない四十代になってしまうのですから。どう思われますか?

ここまで書いてふとメールボックスを開けてみたら、例のポートモレスビーから返信メールが届いていました。日本語で「ご経験と履歴書の内容について関心を引きつけますが、残念で言わなければならないのは、こちらの応募者がすでにいっぱいで満員しました」ですって。これでパプアニューギニアへ赴く夢は潰えました。

×月×日

サバに来てからひと月半が経ちました。それまで三年間働いたニュージーランドでは、日本語教育ネットワークの弥縫係というか、各地を行脚して苦情を処理する事務方でしたので、教壇に立つのは久しぶりです。ここでの肩書きはマレーシア・サバ大学教養部の日本語講師。今年は定員百名のところに二百人以上入ってきて、その結果私一人で百五十人もの学生を抱えることになりました。いちばん大きいクラスは五十人以上になります。

しかしもっとたいへんなのは通勤です。朝八時から授業がある日は六時二十分に家を出て、バスを乗り継いで大学に着く頃には全身汗まみれ、始業前に着替えねばなりません。授業が午後からの日も、日が昇ると暑いので、やはり早朝に家を出ます。とはいえ二五キロの教材を背負ってロトルア、ギズボーン、オークランド、ハミルトンと回ったNZ時代に比べれば、まだしもかもしれません。

大学は郊外のジャングルを切り開いて造ったもので、未だ造成中。しばらく教えていなかったので、すっかり勘が鈍り、教材作りにずいぶん時間をとられています。

学生はほぼ二十歳前後で、みんなほんとうに幼くて素直です。そんななかに一人、年の離れた中国系の社会人学生がいて、丸眼鏡のせいか教科書で見た愛新覚羅溥儀に似ているので、私はひそかに〈フギおじさん〉と渾名しています。おじさんといっても、私よりひと回り年下ですが。人当たりがよくて、街の現像所でレタッチの仕事をしているとか。日本語を学びたいというより、学生控除が目的の入学ではないかと睨んでいます。

×月×日

フギおじさんとの関係は、この一年まさに距離を取り損なったと言うべきで、そのことを彼にわかってもらうのはもう不可能、遅きに失したという気がしています。

九月末の結婚式だけはなんとか延期してもらうことができました。クアラルンプールの両親だけでなく、ジョホールバルの妹さんとその家族まで来ることになっていて、しかもパーティでは、歌手というかパーカッション奏者というか、山伏みたいな衣裳で手作りの楽器を演奏する人がいるのですが、おじさんとどれほどの付き合いがあるのかわからないその人を呼んで演奏してもらうと聞くに及んで、私はそのようなウェディングには出席できない、と言ってみました。単純に役場へ行ってサインするだけかと思っていましたから。

おじさんは延期に同意したものの、結婚そのものが取りやめになったと思い込んだ彼のお母さんが涙声で電話をかけてきて、お互いおかしな英語で話すことになり、自分がこのような状況にいることが信じられない不思議な気持ちでした。けっきょくおじさんも、家父長的な華僑のコミュニティで育った人なのだとつくづく感じた次第です。その綿々と続く伝統のような強い結びつきは、自分に関係がなければそれほど悪いものだとも思わないのですけれど。

これからどうすればいいのか、どうなるのか、わかりません。なんだか私のほうが箱入り娘をもてあそんでいるような気分です。精神の安定ということにどれほどの価値を置いてよいのかわかりませんが、おじさんのシンプルでわかりやすい性格が私にとって心地よいという事実があって、できることなら彼と、彼の同居人のS氏と、彼らの飼い猫に私の三人と一匹で、海辺にコテージでも借りて和やかに暮らせないかと思ってしまいます。

こういう能天気、あなたは歯がゆくお思いでしょう。ともかく入籍は避けていったん帰国しては、とのお手紙、ありがたく読みました。あなたの憂い顔を思い浮かべると、まるで他人事のように現実感がない自分が情けなくなりますが、なぜだか真剣になれないのです。これがいわゆる離人症というものでしょうか？もうしばらく様子を見ながら、それでも職場だけは失わないよう、努めてみます。

×月×日

いかがお過ごしですか。私のほうは何もしないうちに三ヵ月が過ぎてしまいました。したことといえば十一月半ばにフギおじさんと結婚したこと。結婚式はコタキナバルの海岸（の隅っこ）で簡単にやってもらいました。同封の写真をごらんください。

おじさん（やはり夫と書くべきでしょうか）が私のところに引っ越してきて、つつがなく、いやあんがい楽しくやっているのですが、その一方で夜中に目が覚めると、私はどうしてここにいるのだろうと、うすぼんやりした頭で選択の是非を自問したりしています。私のことですから、何も出てきはしないのですけれど。ただ徐々にはっきりしてきたのは、この結婚で、日本がいよいよ遠くなったということ。

このあいだ銀行で、名義変更やら口座新設やら面倒な手続きがあり、四十分くらいかけて英語の書類を書き込み最後までできたところで、金額をアラビア数字と英語の両方で記さなければならなくなり、あろうことか、ハンドレッドの綴りがわからなくなってしまいました。hund か hand か、red か led か、迷ってしまったのです。こういうところで間違えて、もう一度最初から書き直すはめになるのは避けたいと思うと、よけい緊張して思考力ゼロに。困ってしまってきょろきょろしていたら、なんと偶然、日本語クラスの生徒がアルバイトだかなんだかで窓口に座っているじゃありませんか。一年生の男の子なんですが、その子のところへ近づいて「ちょっとちょっと」と声をかけ、綴りを教わりました。彼は最初、何を訊かれているのかわからずにぽかんとしていましたが、もちろんすぐに答えてくれて、手続きは無事完了しました。

日本でこれをやると、書き損じの箇所を二重線で消してから訂正印を押すとか、細かい規則があるでしょう。何から何まできっちり決められていて、しかもそれを全員が知っていて、もし知らないと、弾き出されてしまう感じ。私の言っていることは大げさかもしれませんが、ここでの暮らしが長くなれば長くなるほど、効率的で正確無比な日本の社会が恐ろしくなって、私みたいな人間は絶対に戻れない、生きていけないと思ってしまうわけです。

しかし、それでいてここもまた自分の居場所ではない気がしているのですから、始末が悪い。行いと心とが、どんどん離れてゆくようです。あなたと知り合う前に、オートバイで事故を起こしたことがあるのですが、深夜に走っていてカーヴを曲がりきれずに転倒し、体が前方へ投げ出されて宙を飛ぶあいだ、目の端に、路面をこすって緑の火花を散らしながら後方へと滑ってゆくバイクが見えました。どちらが行いでどちらが心だかわからないけれど、一方は宙を泳いで落下してゆき、もう一方は火花をまき散らしつつ闇へ吸い込まれてゆく……このところそんな乖離のイメージに囚われています。

溺れる者に救命具を投げるつもりで、あなたの日常を書き送ってください。できるだけ些細な、生活の細部を聞かせてください。私はいま、何がふつうなのか、かいもくわからなくなってしまいました。

×月×日

留守番電話に中途半端なメッセージを残してごめんなさい、驚かれたでしょう。いま、このあたりではいちばん安い、少しいかがわしい感じのするモーテルで書いています。机がないので字は乱れるし、意気の揚がらない手紙になりそうですが、結末はそれほどひどくないかもしれませんから、しばらくお付き合いください。

まずは一月十八日付のお便りをありがとう。暮れの一時帰国の折、私の様子がおかしかったので、お忙しいなか書いてくださったのですね。お目にかかった夕べの〈責めるような口ぶり〉を、どうか後悔なさらないでください。あのとき、自分の陥っている状況を正直に話して、せっかく会えたあなたに、もっと強く責めていただくべきでした。家はもはや安らげる場所ではないし、夫も善良なパートナーではありません。私がそこに居るだけで、部屋の空気が濁るとでもいうような、夫の出て行けがしの態度……身も蓋もないとはこういうことでしょうか。夫の美質を健やかで単純と見なしていた私は、どこかで高を括っていたのでした。その時々に言ったり言われたりしたことは、関係が変われば意味も変わる、というよりむしろ、ほんとうの意味が剝きだしになるのだと思えてきます。

いいえ、もって回った言い方をするつもりはないのですが、夫とのことはどう話しても聴く人のバイアスがかかってしまうので、迷っているうちは、あなたにもうまく打ち明けられないのです。この期に及んでまだ、決めかねています。出て行くつもりでいたのに、いざ離婚を切り出されてみると、思いがけず狼狽する自分がいて、神経が参ってしまいました。おそらくあなたのおっしゃるとおり、私は〈自信を失っている〉のでしょう。

前置きが長くなりましたが、ここから事実を手短に述べます。先週末、くだんの女性C嬢のところから帰ってきた夫と言い争いになり、夫は車に衣類やコンピュータその他を積めるだけ積むと、豪雨をついて彼女のアパートに戻って行ってしまいました。そのとき私は肩に怪我をして、夜中に救急病院に行ったらドメスティック・ヴァイオレンスの被害者ということになり、その場でヒステリー発作予防（?）の鎮静剤を打たれ、精神科医（深夜だったので研修医）やらソーシャルワーカーが来て、翌日の昼近くまで帰してもらえませんでした。若い女性研修医に、あなたの自殺願望（彼女がそう決めつけただけで、私にはそのような願望はなかったのですが）の原因のひとつは、お母さんの死をきちんと受け止めきれていないことだろうと言われて、見当違いだと思ったものの、疲れきっていて反論できませんでした。プレ更年期の抑鬱とも言われましたが、これにもぴんときません。

そのあと三日間いろいろとあって、けっきょく夫が家に戻り、私がモーテルに移りました。このたびの騒ぎはC嬢だけでなく、彼女の元交際相手の男性なども引きずり込んで、端から見ればキチガイ沙汰になっているのですが、こんなことが現実に起こっているのが信じられないような、それでいて初めて自分の問題に向き合っているような、妙な気持ちでいます。のらりくらりと身をかわし、楽なほうへと流れてきたはずだったのに、気づいたら袋小路でした。このまま馬鹿みたいに、望まぬ引っ越しをする羽目になるのでしょうか。

こう書けば、たぶんあなたは、ひとまず日本に戻ってゆっくり考えてはと勧めてくださることでしょう。海の向こうに帰るところがあると思えるのは、大きな救いです。待っていてくれる友がいることも。けれど現実を直視するなら、マージナルな場所を渡り歩いてきた私のような人間は、すべてがきちんと秩序立った日本では、もはや通用しません。このあいだ年末にお会いしたときも、東京の人混みに揉まれながら、自分の風体が周りからかけ離れているのをひしひしと感じていました。日本語もかなり怪しくなっていますし。

今回の件、シドニー大学で親しくなったシェイ（Sheykholeslam という美しい名前のイラン女性）にもメールしたところ、彼女からは「いまから飛行機に飛び乗ってシドニーに来るように」との電話がありました。日本人の多いシドニーで正規の仕事が見つかるとも思えませんが、それでもまだそちらのほうが私にはハードルが低いと感じられます。

モーテルには一週間分を前払いしました。ここを出るときには雨も止んで、いろいろなことが好転しているように願っています。肩を赤黒く腫らして、顔にもしまりがなくて、でもどんより淀んでいた頭だけは、あなたに宛てて書くうち少しずつ働き始めたようです。

仮にドイツ語だったら〈何故? Warum?〉、フランス語だったら〈才知 esprit〉、日本語だったら〈しょうがない〉が重要単語であるとすると、アラビア語ではどうやら〈蜜〉がスペシャルな単語らしいのです。初級で使った井筒俊彦の入門書にも「お前のように蜜を作ってみせるぞ、いやお前よりもっともっと多く」だとか「松脂すら出来もしない己《おれ》が如何にして蜜を作れようか、蜜など作れる道理がない」だとか出てきます。「蜜が作れないことがわかると、蜜蜂はその針でですかさず甲虫を突き刺した」なんて例文も。そう、もうお祭しですね、じつはこのあいだ同封してくださった「蜜地獄」をアラビア語に訳してみました。なんでもいいから詩を一篇訳してくるようにという宿題が出たので。あの詩は、男の我儘をすべて叶える女の話ですよね、女はその献身を、周到な復讐だと考えている。男をどんどん増長させて、少しずつ鼻摘み者に仕立てあげ、社会の周縁へと押しやってしまうブラックコメディでしたが、これがシェイ先生（Sheykholeslam という美しい名前の女性）に大受けだったんです。涙を滲ませて笑いころげたあげく、これって腹黒ドMスポイル寓話じゃないの、とか言っていました。女なら国境を越えて共感できる、とも。ただし、たとえば詩中の「稚気叩くべし」に、「稚気愛すべし」をほのめかす訳がつけられず、自分の力不足を痛感しました。詩ならではの面白味はほとんど伝わっていないかも。シェイ先生から、日本の現代女性の詩はみんなこんなふうなの？　と尋ねられて、いやいや、ここまでカリカチュラルな詩はめずらしいと答えておきました。さて心優しいシェイ先生は、落魄した〈蜜夫《みつお》〉の行く末が気になるそうです。このまま浜町《はまちょう》で万年青《おもと》の世話をする隠居老人に収まるとも思えないし、もし続篇をお書きなら送ってください。

×月×日

御詩集、届きました、ありがとう。三冊目ですね。最初の詩集は赴任直後のクアラルンプールで受け取りましたから、もう十六年になりますか。冒頭の「蜜」には、ずっと前にお話ししたシェイを登場させてくださって、嬉しく読みました。ただひとつだけ……私の書き方がいい加減だったせいで、あるいは字が汚かったからか、あなたに誤解を与えてしまったようです。シェイは、イラク人ではなくて、イラン人です。革命から十数年経って、イラン政府が初めて外国に送り出した留学生の一人だったと聞いています。シェイも革命運動に加わったそうで（学生として街頭デモに繰り出した程度かもしれません）、シャーの専制時代にはこれほど腐敗堕落した体制はないと思っていたけれど、ホメイニ師がやってきて、もっとひどい社会があることを知ったと嘆息していました。その当時、イラン革命の経緯がどのていど日本で報道されていたか、一九七九年というと道後温泉の映画館で切符のもぎりをやっていた私には断片的なニュース映像しか浮かばないのですが、シェイによれば、とても位の高いイスラーム法学者のホメイニが詩的な演説をして、それを録音したテープが人から人へとダビングされて各地に行き渡り、国王を倒せの声が怒濤のように沸き上がったとのことです。そして革命後はイスラーム法の適用で人が裁かれる国になってしまった、と。

そういうわけで、九〇年代に国外へ出たシェイは、本来なら田畑における灌漑システムだか、農作物の遺伝子操作だかを研究して故国に帰り、イランの農産業に貢献するはずだったのに、シドニーに留まって暮らしています。国を出るとき、すでに亡命の意志を固めていたのかもしれませんが、多くは語りません。おととし、ハーバーブリッジの年越し花火大会を見に行ったときには、打ち上げの音に、街なかを銃弾が水平に飛んできたテヘランの日々を思い出すと言っていました。もちろん研究職についているわけではなく、イラン人の夫ともども半端な仕事の掛け持ちで食いつないでいます。そういうシェイに、自伝を書かないかと持ちかける人もいたようですが、英語を直してやると言って原稿を持ち去ったまま、なんの音沙汰もないとか。シェイの娘なんて、自分はイラン人夫婦のもとに貰われてきた孤児で、ほんとうの両親はスペイン人だと友達に話しているそうです。

でも、この詩のシェイのように、笑い上戸で潑剌とした先生がどこかにいて、「腹黒ドMスポイル寓話」なんて感想を言い放ったりする、そんなこともありそうな気がしてきました。ただしシェイはイラン人です、語学教師の役を振るなら、アラビア語ではなく、ペルシャ語にしておいたほうがよいでしょう。

パースに移ってから、シェイとはもっぱら電話で話しています。昨年末のスマトラ島沖地震では、パース沿岸まで高波が押し寄せたこともあって、いよいよ末法の世の到来だと語り合ったものです。先日もシドニーに電話して互いの近況をやりとりしましたが、話がどんどんさかのぼってシェイの来し方を聞くうちに、一度は信じたものが間違っていたとなったら、人はどう生きるのかと考えてしまいました。一度は信じた、そのために決断もし行動もした、けれど間違っていた……そう、これは私のことです。間違っていたといっても、考え抜いて誤りを見定めたわけではなく（あの頃の言い方では〈総括〉ですね）、ともかく立ち去りたくて周縁へ周縁へと身をずらしてきました。信州や四国に逃げ出したものの落ち着けず、インドネシアやマレーシアをふらついて、シドニーからも立ち退くことになり、ここパースに流れ着いたという次第です。電車通勤のさいに、車窓からインド洋が見えるのがよくて週三日働いている邦字新聞は、もうじき廃刊になりそうですし、解雇を見越して幾らかにでもなればと思い、日本語の個人レッスンを始めてはみましたが、気休めにすぎず、これからフルタイムの仕事に採用される見通しはまったくありません。とはいってもここはなんでも大雑把で交渉次第の多民族国家ですから、居住期間が十年未満でも、年金が貰えるという話もあります。いつでしたか、あなたがバクーニンは金利生活者だったと言い出して、二人で笑いましたね。あの頃は金利生活とか年金とか、悪い冗談でした。

総括、自己批判など生真面目すぎる言葉に怖気をふるって日本を飛び出し、行き当たりばったりで来てしまった私なので、過去を振り返るとうなだれるばかりですが、いまは何にせよ忘れてしまうことのほうが恐ろしく思えます。こうしてあなたに手紙を書くのも、薄れゆく記憶のよすがにしたいからかもしれません。しかも私が書くとぼやきにしかならないことを、あなたは別様のものに創り変えて打ち返してくる。フィクショナライズされた〈ある女の世過ぎ〉と見なして、読んでいます。自分のようで自分ではない、幻の女、ですね。彼女の低空飛行はいましばらく続くでしょう。来年か再来年には、ダーウィンに引っ越そうかと考えています。

行き暮れる親たち

中学生の娘の素行に手を焼いていらっしゃる。学業をほっぽり出して男友達と遊び歩き、家には寄りつかない。しかも相手をとっかえひっかえ、どの男とも長続きしない。帰ってきたかと思ったら、二日ほど臥せっていたけれど、あれはきっと堕胎でもしたんだろう、と。おそらくお嬢さんはアフロディテ気質でしょう。衝動から生じる活力に突き動かされて、気に入った相手とは躊躇なく契り、自由と独立を手放さずに恋愛の刹那的な歓びをむさぼろうとするタイプ……どこにでもいる浮かれた娘の大半は、この気質ですから。で、そういう子がどうなるかといえば、安心なさい、二十歳過ぎるとただの人になってしまいます。家でも仕事先でもあんがい手際よく務めを果たし、かりに陰では秘密の情事の一つや二つ抱えていたにしても、めったなことではボロは出さない、まっとうな女房におさまるわけです。いえ全員じゃありません。彼女たちのうちほんの一握りは、別の道を行きます。瞬間瞬間を一回限りのものとして生き、いつなんどきも（つまり交接せずとも）オルガスムスに達しうるほど快楽探究の道を極めると、一転きっぱりと過去の多淫を葬って、それを境に孤独と思弁の生活へと入ってゆくのです、面差しまですっかり変わって。あなたがほんとうに恐れているのはそれですね。何年かのち、お嬢さんは社交や趣味を人生の上澄みと見なして退け、あなたの知らない形而上の世界へ移り住んでいるかもしれません。そうなったら、娘を下衆呼ばわりするあなたの痛罵は届かない。ねえお母さん、ここらで張り合う気持ちをお捨てなさい、しょせん四十歳は十四歳に勝てやしません。

女優志願

英文科を出たんですがね、学部だけじゃあって言いだして、しかたない、ニューヨークの大学へ留学させてやったんですよ。これからの時代は英語だなんて、周りも焚きつけるもんだから。そうしたらそこで芝居にかぶれちまいましてね。いや、観るほうじゃなくって、やるほうです。学生劇団に入って舞台に立っているうちに、何を勘違いしたんだか、数年たって成田へ帰ってきたときには「あたし、女優よ」とか言いながら飛行機から降りてきたんです。

三十近い人間に、とつぜん女優だなんて言われてもねぇ。ご面相だって十人並みで、背丈はあるけど、とりたてて美人というわけじゃない。芸事の心得だってないし。ほら、芸能界に入るような人はみなさん、小さい頃からバレエだの日本舞踊だのやってるんでしょう？　うちの娘なんかなんの基礎もないんですからね。そりゃ英語のレポートくらいはできるかもしれませんが、女優だなんてねぇ、身の程知らずっていうか。

ほう、お知り合いに女優さんがいらした。女学校の同級生のお姉さんですか。ほう、通学路にスカウトが列をなして待っていた。断っても断っても、ふぅむ。たいした美貌でいらしたんでしょう。えっ、美貌じゃなくて、可愛らしいタイプ、そうですか。で、断り切れなくなって、映画会社と契約なさった、と。ああ、戦後しばらくの、いちばん華やかな時期に望まれて映画界にお入りになったんですね。

大映ですか、若尾文子のところだ。ええっ、人気が出て若尾文子の妹役までなさった、そりゃすごい。梓英子かな、おっと違いましたか。で、その方はいまどうしていらっしゃるんでしょう。財界の大物と結婚して、引退後は円満な家庭を築いている、と。そうですか、もともといいところのお嬢さんで、断りきれずに映画界に身を置いたものの、いつまでも続けるおつもりはなかったんですね。ご家庭に落ち着かれたのなら、それがなによりだ。いくら見込まれて入ったって、あの世界はやる気と才能のある人間じゃなくちゃ生きていけない、きびしいところでしょうからねぇ。

うちの娘ですか、なんとかいうプロダクションに所属して、たまぁにテレビに出ています。二時間ドラマの主人公の知り合いみたいな役とか、犯行現場のアパートの住人とか。二言三言台詞があるだけで、もちろん食べてなんかいけやしませんよ。芝居仲間と飲んだりするときの勘定くらいはなんとかしてるんでしょうけど、生活なんてとてもとても。それなのに、仕事の時間が不規則だから一人暮らしがしたいって言うんで、女房とも相談して敷金礼金だけ親が出してやり、あとの家賃は自分で払う約束で、なじみのある四谷にマンションを借りてやったんですが、なんのことはない、けっきょく家賃もこっちが払うはめになっちゃった。

英語の仕事に就くはずだったのに、アメリカがいけなかったんですかね。甘やかしたのが悪いって言われればそれまでですが、遅くに出来た末っ子なもので……。ただ、そのぶん親は年をとっていますから、このあいだは、いつまでも援助はできないよって、はっきり言い渡しました。それなのに、どうも反応が鈍くてねぇ。どこまで本気なのか、わからないのがもどかしい。早く目を覚ましてほしいものです。

ゆうべ読んだ本に載っていた実話です。困窮のなかで娘を育てていた母親が子宮頸癌になり、診断がついたときにはすでに手の施しようもない状態だった。自分の死後は孤児院に行くしかない娘に、母親は何ひとつ残せるものがない。そこで、奥歯に被せていた金冠を外そうと病床で格闘したすえ、とうとう外すと、娘の手に小さな金塊を握らせて逝った。どんな方法で外したのか、「何日も試みたあげく成功し」としか書かれていないので具体的にはわかりません。発病前、社会的地位のある元夫から娘の親権停止を求める訴えを起こされ、一年近く争って勝訴したとありますから、裁判での疲労困憊が癌の引き金になったのかもしれないし、移民で言葉も完全ではなかったので、よっぽど孤独な闘病生活だったんでしょう。それ以上読めなくなってスタンドを消したら、とんでもない夢を見ました。

私は中学生くらい。初夏か初秋の明るい教室は、半袖のセーラー服の女の子ばかりで、休み時間なのか、みな席を立ってきゃあきゃあ騒いでいます。私はいちばん前の、廊下側の端の席に座っている。前の時間に歯についての講義があったらしく、そこで見せられた金具を、どういうわけか私一人が隠し持っています。歯医者で歯石を取るときに使うような、先が鉤形に曲がったステンレス製のかんたんな金具なのですが、それで私は一本ずつ自分の歯を抜き始めるのです。痛みもなく、歯根を歯茎から掘りおこすときに、軽くぐきっと手応えがある程度。ちょっと力がいるだけです。出血も舌に血の味を感じるくらいで、ごくごく少量でしかありません。一本また一本と歯を抜いて机の上に並べているのに、同級生の女の子たちは知らん顔です。気づかないふりをしているのか、まったく関心がないのか、誰も何も言いません。もしかしたら私は居ても居ないことになっているのかも。みんな冷たいなぁ、ほんとに凍えそう、ま、どうでもいいけど、と思いながら、私は粛々と歯を抜いていきます。右下の奥歯を一本残し全部抜き終えたところでタイムオーヴァー。

チャイムが鳴り、みんなは席に着きますが、私はつと立って廊下へ出ます。手には、抜いた歯を入れた透明プラスチックの筒を握っている。よくクッキーなんかが入っているぺらぺらの筒です。歯は真っ白とは言いがたく、やや黄ばんでいるものの、どれもつやつやと輝いています。背骨も頭蓋骨もきっとこんなふうに黄色みをおびているのね、と考えながら、廊下を曲がって男子のクラスへ入ってゆく。これまた休み時間で、がやがやふざけている男の子たち。歯入りの筒をぶらぶらさせながら"Hi, boys!"と呼びかける私の口許には、驚いたことに歯が生えそろっています。それもハリウッドのスタアなみの、みごとな馬蹄形の歯並びで！ 私は微笑んだつもりだったのですが、振り向いた男の子たちは一様に息を呑み、恐怖で瞬時に固まってしまいました。まるで小動物みたい。

夢はここまでですが、どう判断なさいます？ 歯が欠け落ちる夢の分析例ならいくつか知っていますが、自ら歯を抜く場合はどうなんでしょう。意趣晴らし、とまでは言いませんが、周りに一矢報いたい気持ちが、夢の底にわだかまっているのはたしかです。大きく目を見開いて唇をわなわな震わせていた男の子たちの一団に、私から去っていったRやVがいたことを、私は見逃しませんでした。私の知らない少年期の姿だったけれど、間違うわけがありません、人を値踏みするようなこすっからい一瞥は、絶対にRやVのものでしたから。

地下鉄の地上出口を上りきったところで、着飾った母親から、力まかせの平手打ちをくらう男の子を見ました。十歳くらい。そばでは幾つか年下の弟が、とばっちりを受けぬよう、無表情であらぬかたを見やっています。

母親は恐ろしい形相で怒鳴っていて、あまりの激昂ぶりに、声がきんきん割れて言葉は聞き取れません。再び手を振り上げると、すさまじい剣幕で振り下ろします。

野球帽を目深にかぶった男の子は、貧しげな服装です。シャネル風のスーツにオーヴァル型サングラスをかけた母親とは不釣り合いなほど、しおたれた格好をしています。痩せた全身が小刻みに震えて、すくめた肩が汚れたTシャツの下でこわばっている。

割って入れば、火に油を注ぐことになるのがわかりきっているので、誰も母親を制止しません。サラリーマンも高校生も、みな目を伏せて足早に通り過ぎる……。

親殺しが起きると、犯罪に至るまで、子供はどれほど虐げられてきたのだろうと考えます。外づらはよくても、家では子供を叩いて憂さを晴らしている親。冷視冷笑で子供心を挫いては、悦に入る親。この世には粗暴な親が潜んでいます。

信のおけない親のもとで表情さえ無くした子供を見かけると、早く逃げなさい、と思います。きみは親が言うほど馬鹿じゃない、十歳ではさすがに早すぎるかもしれないけれど、十五になったらもう大丈夫、罵声からも平手打ちからも逃げて、できるだけ忘れなさい、忘れたことにして遠いところで新しい人として生きなさい、と。

からくも逃げ出して大人になった子供たちのうち、何割かは独身を通したり、子供を作らないという消極的な選択をして、親になるのを回避します。自ら〈断種〉をして、人が人を捏ねくりかえす蛮行を、自分の代で清算しようというわけです。手術ではなくて、いわば信条による断種ですね。

役所や学者の少子化論議は、経済や働き方や保育環境を改善する話ばかりしていますけれど、それだけではないんです。低い出生率の背景には、何パーセントかの選び採られた〈産まない〉があります。秘密のソサエティやユニオンが存在するわけではないけれど、あの人もあのカップルもあの夫婦も、もしかしたら選んでいるのかもしれません。一見、親として申し分ない、よき父よき母になりそうな人たちが子供を持たずにいるとしたら、その可能性もあるでしょう。もちろんこの手の選択は、問題なんかじゃないし、したがって対策の必要もなければ治療の対象でもありません、放っておいていただきたい、ただそれだけです。

私ですか？　それがじつは、四十を幾つか過ぎたところで日和ってしまいました。妊娠がわかったとき、これが最後でもう後がないと思ったら、どうしても堕ろす決断がつかなくて、ほとんど思考停止のまま産んでしまいました。いまですか？　泣き虫で怖がりで、そのくせ、いやに向こうっ気の強い、ひょろひょろの幼稚園児です。食べさせても食べさせても、あばら骨が湯たんぽや洗濯板みたいに浮き出ている痩せっぽち。なにしろ遅くに生まれた子ですから、この子が成人する頃には、私はとっくに還暦を超えています。案ずるに、女難の相かも。いい匂いのする薄桃色の霧に封じ込められて、困っているのか困ったふりをしているのか、曖昧に微笑んでいる二十歳のこの子が見えるようです。

老鶯

夢を見ました。あなたのお友達（田舎のお婆さんみたいな人でしたが、どうやら高名な詩人らしい）が開いたホームパーティのようでした。私たちよりずっと年輩の女性が大勢いて、がやがやではなく、ひっそり話しているなかに、知り合いのMさんがいたものですから、嬉しくなって、彼女をあなたに紹介しました。するとあなたは、Mさんが最近七十歳にして初めて『ユリイカ』にものすごく深遠な詩を発表したことを知っていて、すぐに彼女と、私には理解できない難しい言葉で話し始めるのでした。お二人を引き合わせた誇らしさもつかのま、ああやはり私はここでは場違いなのだという想いが兆してきて、しかしそれが決して不快ではなく、どう言ったらいいか、得心とあきらめの気分が混ざり合って、私はパーティの部屋を出て行こうとしていました。

目が覚めて思いがけず浮かんできたのは、父の面影です。どこへ行っても場違いなのは父ゆずりかもしれません。五十代半ばで教職を離れたあと、父は怪しげな会社の集金係とか、農機具メーカーの経理とか、託児所の雇われ園長とか、いろんなことをしていました。再就職して間もない頃に退職金の一部をだまし取られたり、農機具メーカーではうっかり機械にさわって同僚に怪我をさせたり、集金途中で引ったくりにあったり。いま思えば、退職してから恩給が支給されるまでの数年間は、ほんとうにお金がなかったんでしょう。私の記憶にある晩年の父は、よく人を笑わせる「とぼけた爺さん」だったので、その頃の様子は思い出すこともなかったのですが、夢を反芻しているうちに、当時の父の心境が偲ばれるような気がしました。

かつての父どころではなく、いまや私は知命を過ぎて、無職かつ困窮の身になってしまいました。先月は四日間ほど通訳をしたきりで（無我夢中で四日間、食事の間も惜しんで働いて二万五千円でした）、翻訳の仕事はまったくなし。エージェントから紹介されてシドニーに支社がある日本の石炭会社の翻訳トライアルを受け、合格したのは私だけだったらしいのですが、履歴書を送ったら、面接もしないうちから断られてしまいました。エージェントによれば「トライアルの出来映えは文句なし、経歴も申し分ないが、もっと若い人のほうが」ということだそうです。先方は「このバアサン、どういうつもりで応募してきたのかね」と思ったんじゃないでしょうか。これまで自分の年齢のことはあまり気にかけていなかったので、ショックでした。ちなみにこのエージェントに登録しているメンバーを検索すると、証券会社で海外法務担当とか特許翻訳歴十五年とか、それはそれはたいへんな実績の持ち主ばかりで、頭がくらくらしてきます。でも、そういう人たちがほんとうにこういうところにいるものかどうか、半分くらいは疑ってもいます。

最近読んだ雑誌に、false hope という言葉がありました。ある推理作家の記事でしたが、精神を病んだ夫と二十年以上も暮らしたというくだりで、「あの頃は、false hope に支えられて一日一日を過ごしていた」というふうに使われていました。私がけっこう追いつめられても、痩せたりせず笑っていられたのは、いつかよくなるという虚しい希望を温めていたからだと思いますが、そろそろ限界かもしれません。休日の建設現場から木切れを盗んでいるお爺さんとか、スーパーマーケットのレジでお金が足りずに籠から次々品物を返しているお婆さんを見かけると、身につまされます。このあいだは年老いて毛の抜けた野良猫が枯枝で遊んでいるのを見て、一句捻ろうと思ったのですが、言語中枢が麻痺して何も出てきませんでした。でもそのときに歳時記をぱらぱらめくって、あれっと手が止まりました。夏の季語に老鶯とか残鶯ってあるでしょう。声も嗄《か》れかけた哀れな鶯だと思っていたら、実際は里で鳴く春鶯より、山奥で歌う老鶯のほうが声高らかなんですって。ほんとうかしら、ほんとうだといいけれど。夏山の旺盛な緑をつらぬく啼き声を想像すると、こんな私でも胸のうちに何か奮い立つものがあります。

お母様のお加減はいかがですか。あなたの負担が少しでも軽くなるように、そしてお母様のお気持ちがふっと晴れるように、祈っています。どうぞお元気で。

十一月

すっかり片付いて、もう跡形もないといったところです。療養用のベッドも返却しましたし、こもっていた病人臭も、窓を開け放しにしていたら、一週間で消えてしまいました。

うちで看取れてよかったかどうか、ですか。どうでしょう、ほかのお宅のことはわかりませんが、夫にしてみれば家でも病院でも同じだったんじゃないでしょうか。

最後まで家族を警戒していましたもの。何か書いているところに娘や私が入っていくと、隠したりして。夫のなかでは私たちはいないことになっていたのに、床に就いてからはそうもいかなくて、苦り切っているふうでした。

例のボリビア紀行だって、お読みになったでしょう？　まるで一人旅のように書かれていますが、家族旅行でした。私も娘も同行していましたのに、それをあんなふうに脚色したりしてね。

彼にとって私は、あらまほしき女人ではありませんでしたから。頭が良くて闊達で華がある……ようするに女の好みはしごくあたりまえだったのに、へんに屈折して私みたいな重たい人間といっしょになってしまった。そうですね、欲しいものにまっすぐ手を伸ばさないところが、あの人のいちばんの弱点かもしれません。

結婚のいきさつ、ですか。ぐずぐずするうち、二人してきびすを返す切っ掛けをつかみ損ねてしまったというわけです。私のほうには、それまでがひどすぎた、という事情もありましたし。親しくなった男たちは誰も彼も、別れるだけでは気が済まないらしく、去り際には必ず私を断罪しました。「きみがまた男をたぶらかしたりしないように、僕はきみを懲らしめなければならない」とか言いだして、殴りつづけた男もいました。そういう連中に比べたら、あの人は一度として裁き手であったことはありません。やたらと秘密主義で、いつでも隠し事をかかえて不機嫌にしていましたけれど、それだけのことです。

それに、さっきは弱点と言いましたが、自分の欲望に素直じゃないのは、つまり自分を疑っているということで、それはそれで人としてマシというか、高尚なんじゃないでしょうか。

もう視力も落ちて、半身を起こすのもままならなくなっていた初冬の頃、十一月でしたか、部屋を覗くと、掛け蒲団をたくし上げて、足先を出しているじゃありませんか。「どうしたの、冷えるわよ」と言って、黄ばんで萎れた百合みたいな足を、毛布でくるんでしょう。薄曇りの日で、いま思うと、夫は爪先を日向に差し延べていたんでしょう。薄曇りの日でしたが、ベッドの上には淡い冬の陽射しが窓から斜めに落ちていました。「木がらしや東京の日のありどころ」って句がありますね、芥川の。たぶん夫は、お日さまの方角を探って、足先を晒していたんだと思います。毛布を掛けられながら、眠ったふりなのか、かたく眼を瞑っていましたが、渋面の下で舌打ちしていたのかもしれません。

しっくりこない夫婦でした。お互いに味気ない思いをしてきましたが、そうですね、公平に見て割をくったのはやっぱり夫のほうです。

病床で書いていたもの、ですか。どうしたんでしょう、自分では捨てられるはずもないのに、どこを捜しても見つからなくて。さあ、なんでしょうね、詩かしら。たとえ見つかったとしても、私にわかるかどうか。わかられたくない人、でしたから。

笑み割れたアケビに白味噌を詰めて焙ったものを出してみましたが、不人気でした。いまの人には、果皮の烟ったような紫色やぼんやりした甘みが、薄気味悪いのかもしれません。跳ねっ返りのアプレゲールだった母を飛び越して、祖母から私に伝授された田舎料理も、命運が尽きたということでしょうか。能登の漁村で隣近所に祝儀や法事があると、会席の仕出しを引き受けていた祖母の実家とは、敗戦後の食糧難の折に伯父が米を貰いにいって、邪険に追い返されたとかで縁が切れてしまい、私をはじめ孫連中は所番地も知らないわけですが、それでも味だけはしっかり受け継いだつもりだったのに、時代が変わってしまったんですね。パンプキンパイの周りには、仮装して紙皿を手にした子供たちが群がって大はしゃぎ。なかには招かれなかった友達にパイを届けたくて、うずうずしている優しい子もいます。所狭しとご馳走が並ぶテーブルを見たら、祖母なら「港に船が着いたような賑わい」と言い表したことでしょう。けれどアケビは売れ残ってしまいました。時代が変わったんですね。♪And accept it that soon.... ボブ・ディランをカヴァーして、笑み割れたアケビもそう唄っていますから、無理強いはやめておきましょう。

八月

終戦記念日、六十三年前と同じ猛暑である。同窓会の橋本さんから頼まれた傘寿記念文集に、あの日の思い出を書くことにした。記憶は鮮明だが、さて人に読ませる文章になるかどうか。

登校してカフェテリアで敗戦の噂を聞いたが、驚きはなかった。三月九日十日の大空襲で予感していたから。当時は赤羽に母と間借りしていたが、庭に出ると遥か下町の空が真っ赤に燃え盛り、B29の黒い機影がモロトフのパン籠と呼ばれる焼夷弾を炎の先へ先へと落とすのが見えた。空中でぱっと開いて火種がばらまかれる。防空壕の入口に立ったまま、新聞が読める明るさに呆然としていた。五月に入ると、新聞に敗戦間際のドイツの混乱が報じられもした。ドイツ国内の婦女子に向けてハンブルクのラジオ局が「諸君の父、諸君の夫は永遠に帰って来まい、我々はドイツのよりよき未来のために仆れた英雄にいま、別れを告げようではないか」なる放送を流したという。小さな記事ながら切り抜いて保存した。

そうして迎えた八月十五日は正午に全学生が講堂に集まって玉音放送を聞き、有職故実の石村先生から「今日別れる諸姉と、相逢うのはいつの日でありましょう」などと挨拶をいただいた。駅への道すがら、谷田さんが「明日から何をして暮らそうかしら」と屈託のない調子で話していたのが忘れられない。そのあと柳澤さんを誘って皇居前に行き、広場で土下座して宮城を拝する人々のあいだを歩き回り、なんとなく気が済んで家に帰った。

夜、母は防空壕から缶詰を出して電灯の覆いを外し、近所の立石さんを呼んでゆっくり食事をした。夜半に家の外を李香蘭の「支那の夜」を歌って通る人があり、終戦を実感。同時に、昭和十七年に応召し山西省の黄土高原に駐屯している兄に思いを馳せたが、このときは兄は生きて帰ってくるものと思い込んでいた。年が明け母が復員局に問い合わせたところ、部隊はすでに現地を発って帰国の途についたと言われたが、けっきょく戦死の公報が来て、終戦の翌年春に中国で共産党と国民党の内戦に巻き込まれ落命、とあった。のちに遺品を届けてくれた戦友から、烈しい戦闘のすえ頭上で炸裂した爆弾によって手足を吹き飛ばされ、即死だったと聞く。小学生の頃に持っていた山川彌千枝の『薔薇は生きてる』は、この兄から貰ったものだ。結核で夭折した少女の手記に漂う有閑階級のハイカラな香りは、自分にはとうてい真似できないと感じていたが、文中に母様母様としきりに出てきて、つい私も母様などと口走り、兄からじろりと睨まれたりもした。好みの本ではなかったが、こうして原稿を書くとなると、時代の証言として手許に留めておけばよかったと思う。

そう、高女一年だった開戦の朝のことも思い出した。臨時ニュースを読み上げるアナウンサーの高揚した声音が耳に残っている。高女でも最後の年は三つの工場に動員されて勉強どころではなく、女子大に上がると開闢以来の劣等生と呆れられた私たちだが、敗戦の混乱にまぎれて社会へ押し出されると、それぞれの場所に散っていった。会報の名簿を見ると、他界した人、不明の人、顔が浮かばない人もいる。原稿依頼の折、気になっていた金井さんの消息を橋本さんに尋ねたが、なんと彼女は三年生頃に早世したとのこと。しかし詳しい事情は橋本さんも知らないという。入学早々、「漱石の文学には結婚生活に裨益《ひえき》するものなんて、何もないわ」と言い切ってクラスを騒然とさせた金井さんだが、あの頃は誰も結婚の実相など知らなかったのだから、可笑しなものだ。

卒業からの六十年はそのまま戦後と重なるが、振り返れば何もしなかった、何も残らなかったという空虚な思いしかない。長生きはもう望まない、そろそろいいかしらとも思う。戦中派にはいよいよ生きにくい世の中になりそうだ。

うるさいね、小鳥になっておしまい！　孫娘の叱責に私の手足はみるみるすぼみ、背丈も三寸ほどに縮んでしまいました。〈菫程ナ小サキ人〉になってしまったわけですが、こんな冗談、あの子には通じやしません。人生のとば口で反主知主義に染まってから、漱石のソの字も知らずに、ただ騒がしく世間に立ち交っているだけのあの子の生活なんて、言ってみれば動物ですよ。判断基軸は好き嫌いのみ、本棚は空っぽでも洋服箪笥には紛い物が溢れ、贅沢を知り損ねた猿ってところでしょうか。そのお猿さん、祖母を百葉箱に放り込んで出かけていったかと思ったら、ミニチュアの家具を持ち帰って温度計の隣に置くと、御同類の彼氏に電話して「あたし、生まれて初めて家具買っちゃった。ソファとスタンドと絨毯なんだけど、なんかすごいことしたみたいで落ち着かないよぉ」ですって。すごい、じゃないでしょ、大それたとか空恐ろしいとか、もっとふさわしい形容詞があるでしょうに。チェルノブイリ以降、人類の知能指数が平均で10くらい落っこちたせいか、比喩と形容詞は駆逐されてしまいました。私の語感を面白がる人なんて、どこにもいません。〈マタ立チカヘル水無月ノ／嘆キヲ〉誰に聞いてもらえばいいんでしょう。早くに逝った温雅な友がなつかしいのも、存分に語り合いたいから。女唐服屋《めとうふくや》とか『黒髪』とか「相聞」の梔子夫人とか、山川彌千枝とかモロトフのパン籠とかララ物資とか。おやおやまるっきりのガールズトークだこと、それも古色蒼然とした……。長生きしすぎましたかね、なんて洩らしたりすると、次は紫陽花に這うカタツムリに変えられてしまうでしょう。

「あんたは危険な甘え方をしている。あんたを見てると昔の自分を思い出して気が滅入るから、もう来るな」……扉に貼り紙がしてありました。陋屋のあるじは、髪を菜っ葉の緑に染めているのを除けば、いたってまともなおばさんなんですが、よっぽど腹に据えかねたんでしょう。こちらには思い当たるふしが多々あって弁解する気になれず、ともかく立ち去ることにしました。滑りだしは順調なのに、だんだん嫌われてぎくしゃくし、出入り禁止をくらってうろたえる、そのくり返しです。ま、十代の頃みたいに絶望したりはしませんが。さてこれから何処へ行きましょうか。発奮して働き始めた食品工場は、バターの罐が重たくて運べずに（ヴェトナム人の男の子が飛んできて手伝ってくれましたが、いつもというわけにはいかなくて）、三週間でやめてしまいました。それに母のことも、大丈夫になりましたし。ダイジョウブ、つまり、その、じつは、母はもういないんです、うちには。じきに見えてきますよ、小鳥ほどの大きさになった母が暮らす百葉箱が。ほら、芝生のまんなかに立っている、あそこにね、母はいます（今日も緑色のワンピースを着て、ミニチュアの長椅子にちょこなんと腰掛けています）。で、その向こうに見えるのは、日傘の女が「メリー・ウィドウ」を口ずさむクローヴァーの丘です。そのまた向こうの庭では、緑の諧調について語り合う兄と妹がデッキチェアに寝そべって、小やみなく散るサルスベリを眺めています。深緑の山に分け入れば、臈長けた詩人の魂が老鶯となって、歌いながら谷を渡っているでしょう。山頂の人造湖では、みどり児を乗せた小舟が水面を滑ってゆく。さあ、草いきれの夏野を歩いて、何処へ行きましょうか。生まれて初めて、何処へ行ったっていい私です。

阿部日奈子

一九五三年生れ。

詩集

『植民市の地形』（一九八九年・七月堂）
『典雅ないきどおり』（一九九四年・書肆山田）
『海曜日の女たち』（二〇〇一年・書肆山田）
『キンディッシュ』（二〇一二年・書肆山田）

訳書

ルイス・エイラト『あかいはっぱ　きいろいはっぱ』（二〇〇二年・福音館書店）
ダニエル・シュミット、P・C・ベーナー『楽園創造　書割スイス文化史』（二〇〇九年・大和プレス／平凡社）

素晴らしい低空飛行＊著者阿部日奈子＊発行二〇一九年九
月三〇日初版第一刷＊装幀水木奏＊発行者鈴木一民発行所
書肆山田東京都豊島区南池袋二-八-五—三〇一電話〇三—
三九八八—七四六七＊印刷精密印刷ターゲット石塚印刷製
本日進堂製本＊ＩＳＢＮ九七八-四-八七九九五-九九二-八